AF532348

Classique Érotique

CONTES

Première période

Écrit par
Jean de La Fontaine

GRANDS
classiques
.com

RETROUVEZ TOUS NOS GRANDS CLASSIQUES ÉROTIQUES

GRANDS classiques .com

sur www.grandsclassiques.com

PRÉFACE DE L'AUTEUR

J'avois resolu de ne consentir à l'impression de ces Contes qu'aprés que j'y pourrois joindre ceux de Bocace qui sont le plus à mon goût ; mais quelques personnes m'ont conseillé de donner dès-à-présent ce qui me reste de ces bagatelles, afin de ne pas laisser refroidir la curiosité de les voir qui est encore en son premier feu. Je me suis rendu à cét avis sans beaucoup de peine, et j'ai crû pouvoir profiter de l'occasion. Non seulement cela m'est permis, mais ce seroit vanité à moy de mépriser un tel avantage Il me suffit de ne pas vouloir qu'on impose en ma faveur à qui que ce soit, et de suivre un chemin contraire à celuy de certaines gens, qui ne s'acquièrent des amis que pour s'acquérir des suffrages par leur moyen ; Creatures de la Cabale, bien differens de cét Espagnol qui se piquoit d'estre fils de ses propres œuvres. Quoy que j'aye autant de besoin de ces artifices que pas un autre, je ne sçaurois me resoudre à les employer : seulement je m'accommoderay, s'il m'est possible, au goust de mon siècle, instruit que je suis par ma propre expérience qu'il n'y a rien de plus nécessaire. En effet, on ne peut pas dire que toutes saisons soient favorables pour toutes sortes de Livres. Nous avons veu les Rondeaux, les Métamorphoses, les Bouts-rimez, régner tour à tour : Maintenant ces Galanteries sont hors de mode, et personne ne s'en soucie : tant il est certain que ce qui plaist en un temps peut ne pas plaire en un autre. II n'appartient qu'aux Ouvrages vrayment solides et d'une souveraine beauté, d'estre bien receus de tous les Esprits, et dans tous les Siècles, sans avoir d'autre passeport que le seul mérite dont ils sont pleins. Comme les miens sont fort éloignez d'un si haut degré de perfection, la prudence veut que je les garde en mon Cabinet, à moins que de bien prendre mon temps pour les en tirer. C'est ce que j'ay fait, ou que j'ay creu faire dans cette seconde Edition, où je n'ay ajousté de nouveaux Contes que parce qu'il m'a semblé qu'on estoit en train d'y prendre plaisir. Il y en a que j'ay estendus, et d'autres que j'ay accourcis, seulement pour diversifier et me rendre moins ennuyeux. On en trouvera mesme quelques-uns que j'ay prétendu mettre en Epigrammes. Tout cela n'a fait qu'un petit Recueil aussi peu considérable par sa grosseur que par la qualité des Ouvrages qui le composent. Pour le grossir, j'ay tiré de mes papiers je ne sçais quelle Imitation des Arrests d'amours, avec un Fragment où l'on me raconte le tour que Vulcan fit à Mars et à Venus, et celuy que Mars et Venus luy avoient fait. Il est vray que ces deux pièces n'ont ny le sujet ny le caractère du tout semblables au reste du Livre ; mais, à mon sens, elles n'en sont pas entièrement éloignées. Quoy que c'en soit, elles passeront : Je ne sçais mesme si la varieté n'estoit point plus à rechercher en cette rencontre qu'un assortiment si exact. Mais je m'amuse à des choses ausquelles on ne prendra peut-estre pas garde, tandis que j'ay lieu d'appréhender des objections bien plus importantes. On m'en peut faire deux principales : l'une que ce Livre est licentieux ; l'autre qu'il n'épargne pas assez le beau sexe. Quant à la première, je dis hardiment que la nature du Conte le vouloit ainsi ; estant une loy indispensable selon Horace, ou plustôt selon la raison et le sens commun, de se conformer aux choses dont on écrit. Or qu'il ne m'ait esté permis d'écrire de celles-cy, comme tant d'autres l'ont fait, et avec succez, je ne croy pas qu'on le mette en doute : et l'on ne me sçauroit condamner que l'on ne condamne aussi l'Arioste devant moy, et les Anciens devant l'Arioste. On me dira que j'eusse mieux fait de supprimer quelques circonstances, ou tout au moins de les déguiser. Il n'y avoit rien de plus facile ; mais cela auroit affoibly le Conte, et luy auroit osté de sa grâce. Tant de circonspection n'est nécessaire que dans les Ouvrages qui promettent beaucoup de retenuë dés l'abord, ou par leur sujet, ou par la manière dont on les traite. Je confesse qu'il faut garder en cela des bornes, et que les plus étroites sont les meilleures : Aussi faut-il m'avoüer que trop de scrupule gasteroit tout. Qui voudroit reduire Bocace a la même pudeur que Virgile, ne feroit asseurément rien qui vaille, et pecheroit contre les Loix de la bienseance en prenant à tâche de les observer. Car, afin que l'on ne s'y trompe pas, en matière de Vers et de Prose, l'extrême pudeur et la bienséance sont deux choses bien différentes. Cicéron fait consister la dernière à dire ce qu'il est à propos qu'on die, eu égard au lieu, au temps, et aux personnes qu'on entretient. Ce principe une fois posé, ce n'est pas une faute de jugement que d'entretenir les gens d'aujourd'huy de Contes un peu libres. Je ne pêche pas non plus en cela contre la Morale. S'il y a quelque chose dans nos écrits qui puisse faire impression sur les âmes, ce n'est nullement la gayeté de ces Contes ; elle passe légèrement : je craindrois plustost une douce mélancholie, où les Romans les plus chastes et les plus modestes sont très-capables de nous plonger, et qui est une grande préparation pour l'amour. Quant à la seconde objection, par laquelle on me reproche que ce Livre fait tort aux femmes, on auroit raison si je parlois sérieusement ; mais qui ne voit que cecy est jeu, et par conséquent ne peut porter coup ? Il ne faut pas avoir peur que les mariages en soient à l'avenir moins fréquens, et les maris plus fort sur leurs gardes. On me peut encore objecter que ces Contes ne sont pas fondez, ou qu'ils ont partout un fondement aisé à détruire ; enfin, qu'il y a des absurditez, et pas la moindre teinture de vray-semblance. Je réponds en peu de mots que j'ay mes garants : et puis ce n'est ny le vray, ny le vraysemblable qui font la beauté et la grâce de ces choses-cy ; c'est seulement la manière de les conter. Voila les principaux points sur quoy j'ay creu estre obligé de me deffendre. J'abandonne le reste aux Censeurs ; aussi bien seroit-ce une entreprise infinie, que de prétendre répondre a tout. Jamais la Critique ne demeure court, ny ne manque de sujets de s'exercer : Quand ceux que je puis prévoir luy seroient ostez, elle en auroit bien-tost trouvé d'autres.

Jean de La Fontaine

Joconde

Jadis régnait en Lombardie
Un prince aussi beau que le jour
Et tel que des beautés qui régnaient à sa cour
La moitié lui portait envie,
L'autre moitié brûlait pour lui d'amour.
Un jour en se mirant : Je fais, dit-il, gageure
Qu'il n'est mortel dans la nature
Qui me soit égal en appas
Et gage, si l'on veut, la meilleure province
De mes états ;
Et s'il s'en rencontre un, je promets foi de prince
De le traiter si bien, qu'il ne s'en plaindra pas.
A ce propos s'avance un certain gentilhomme
D'auprès de Rome.
Sire, dit-il, si Votre Majesté
Est curieuse de beauté,
Qu'elle fasse venir mon frère ;
Aux plus charmants il n'en doit guère :
Je m'y connais un peu, soit dit sans vanité.
Toutefois en cela pouvant m'être flatté,
Que je n'en sois pas cru, mais les cœurs de vos dames :
Du soin de guérir leurs flammes
Il vous soulagera, si vous le trouvez bon :
Car de pourvoir vous seul au tourment de chacune,

Outre que tant d'amour vous serait importune,
Vous n'auriez jamais fait, il vous faut un second.
Là-dessus Astolphe répond
(C'est ainsi qu'on nommait ce roi de Lombardie) :
Votre discours me donne une terrible envie
De connaître ce frère : amenez-le-nous donc.
Voyons si nos beautés en seront amoureuses,
Si ses appas le mettront en crédit :
Nous en croirons les connaisseuses,
Comme très bien vous avez dit.
Le gentilhomme part, et va quérir Joconde.
C'est le nom que ce frère avait.
A la campagne il vivait,
Loin du commerce et du monde.
Marié depuis peu : content, je n'en sais rien.
Sa femme avait de la jeunesse,
De la beauté, de la délicatesse ;
Il ne tenait qu'à lui qu'il ne s'en trouvât bien.
Son frère arrive, et lui fait l'ambassade ;
Enfin il le persuade.
Joconde d'une part regardait l'amitié
D'un roi puissant, et d'ailleurs fort aimable ;
Et d'autre part aussi, sa charmante moitié
Triomphait d'être inconsolable,
Et de lui faire des adieux
A tirer les larmes des yeux.
Quoi tu me quittes, disait-elle,
As-tu bien l'âme assez cruelle,

Pour préférer à ma constante amour,
Les faveurs de la cour ?
Tu sais qu'à peine elles durent un jour ;
Qu'on les conserve avec inquiétude,
Pour les perdre avec désespoir.
Si tu te lasses de me voir,
Songe au moins qu'en ta solitude
Le repos règne jour et nuit
Que les ruisseaux n'y font du bruit,
Qu'afin de t'inviter à fermer la paupière.
Crois-moi, ne quitte point les hôtes de tes bois,
Ces fertiles vallons, ces ombrages si cois,
Enfin moi qui devrais me nommer la première :
Mais ce n'est plus le temps, tu ris de mon amour
Va cruel, va montrer ta beauté singulière,
Je mourrai, je l'espère, avant la fin du jour.
L'histoire ne dit point, ni de quelle manière
Joconde put partir, ni ce qu'il répondit,
Ni ce qu'il fit, ni ce qu'il dit ;
Je m'en tais donc aussi de crainte de pis faire.
Disons que la douleur l'empêcha de parler ;
C'est un fort bon moyen de se tirer d'affaire.
Sa femme le voyant tout prêt de s'en aller,
L'accable de baisers, et pour comble lui donne
Un bracelet de façon fort mignonne ;
En lui disant : Ne le perds pas ;
Et qu'il soit toujours a ton bras,
Pour te ressouvenir de mon amour extrême :

Il est de mes cheveux, je l'ai tissu moi- même ;
Et voila de plus mon portrait,
Que j'attache à ce bracelet.
Vous autres bonnes gens eussiez cru que la dame
Une heure après eut rendu l'âme ;
Moi qui sais ce que c'est que l'esprit d'une femme,
Je m'en serais a bon droit défié.
Joconde partit donc ; mais ayant oublie
Le bracelet et la peinture,
Par je ne sais quelle aventure.
Le matin même il s'en souvient.
Au grand galop sur ses pas il revient,
Ne sachant quelle excuse il ferait a sa femme :
Sans rencontrer personne, et sans être entendu,
Il monte dans sa chambre, et voit près de la dame
Un lourdaud de valet sur son sein étendu.
Tous deux dormaient : dans cet abord, Joconde
Voulut les envoyer dormir en l'autre monde :
Mais cependant il n'en fit rien ;
Et mon avis est qu'il fit bien.
Le moins de bruit que l'on peut faire
En telle affaire,
Est le plus sûr de la moitié.
Soit par prudence, ou par pitié,
Le Romain ne tua personne.
D'éveiller ces amants il ne le fallait pas,
Car son honneur l'obligeait en ce cas,
De leur donner le trépas.

Vis méchante, dit-il tout bas ;
A ton remords je t'abandonne.
Joconde là-dessus se remet en chemin,
Rêvant à son malheur tout le long du voyage.
Bien souvent il s'écrie, au fort de son chagrin :
Encor si c'était un blondin,
Je me consolerais d'un si sensible outrage ;
Mais un gros lourdaud de valet !
C'est à quoi j'ai plus de regret :
Plus j'y pense et plus j'en enrage.
Ou l'Amour est aveugle ou bien il n'est pas sage
D'avoir assemblé ces amants.
Ce sont, hélas ! ses divertissements !
Et possible est-ce par gageure
Qu'il a causé cette aventure.
Le souvenir fâcheux d'un si perfide tour
Altérait fort la beauté de Joconde :
Ce n'était plus ce miracle d'amour
Qui devait charmer tout le monde.
Les dames, le voyant arriver à la cour,
Dirent d'abord : Est-ce là ce Narcisse
Qui prétendait tous nos cœurs enchaîner ?
Quoi ! le pauvre homme a la jaunisse !
Ce n'est pas pour nous la donner.
A quel propos nous amener
Un galant qui vient de jeûner
La quarantaine ?
On se fut bien passé de prendre tant de peine.

Astolphe était ravi ; le frère était confus,
Et ne savait que penser là-dessus ;
Car Joconde cachait avec un soin extrême
La cause de son ennui.
On remarquait pourtant en lui,
Malgré ses yeux cavés, et son visage blême,
De forts beaux traits ; mais qui ne plaisaient point,
Faute d'éclat et d'embonpoint.
Amour en eut pitié ; d'ailleurs cette tristesse
Faisait perdre a ce dieu trop d'encens et de vœux ;
L'un des plus grands suppôts de l'empire amoureux
Consumait en regrets la fleur de sa jeunesse.
Le Romain se vit donc à la fin soulagé
Par le même pouvoir qui l'avait affligé.
Car un jour étant seul en une galerie,
Lieu solitaire, et tenu fort secret :
Il entendit en certain cabinet,
Dont la cloison n'était que de menuiserie,
Le propre discours que voici :
Mon cher Curtade, mon souci,
J'ai beau t'aimer, tu n'es pour moi que glace :
Je ne vois pourtant Dieu merci
Pas une beauté qui m'efface :
Cent conquérants voudraient avoir ta place,
Et tu sembles la mépriser ;
Aimant beaucoup mieux t'amuser
A jouer avec quelque page
Au lansquenet,

Que me venir trouver seule en ce cabinet.
Dorimène tantôt t'en a fait le message ;
Tu t'es mis contre elle à jurer,
A la maudire, à murmurer,
Et n'as quitté le jeu que ta main étant faite,
Sans te mettre en souci de ce que je souhaite.
Qui fut bien étonné, ce fut notre Romain.
Je donnerais jusqu'à demain,
Pour deviner qui tenait ce langage,
Et quel était le personnage
Qui gardait tant son quant-à-moi.
Ce bel Adon était le nain du roi,
Et son amante était la reine.
Le Romain, sans beaucoup de peine,
Les vit en approchant les yeux
Des fentes que le bois laissait en divers lieux.
Ces amants se fiaient au soin de Dorimène ;
Seule elle avait toujours la clef de ce lieu-là,
Mais la laissant tomber, Joconde la trouva,
Puis s'en servit, puis en tira
Consolation non petite :
Car voici comme il raisonna :
Je ne suis pas le seul, et puisque même on quitte
Un prince si charmant, pour un nain contrefait,
Il ne faut pas que je m'irrite,
D'être quitté pour un valet.
Ce penser le console : il reprend tous ses charmes,
Il devient plus beau que jamais ;

Telle pour lui verse des larmes,
Qui se moquait de ses attraits.
C'est à qui l'aimera, la plus prude s'en pique,
Astolphe y perd mainte pratique.
Cela n'en fut que mieux ; il en avait assez.
Retournons aux amants que nous avons laissés.
Après avoir tout vu le Romain se retire,
Bien empêché de ce secret.
Il ne faut à la cour ni trop voir, ni trop dire ;
Et peu se sont vantés du don qu'on leur a fait
Pour une semblable nouvelle :
Mais quoi, Joconde aimait avec que trop de zèle
Un prince libéral qui le favorisait,
Pour ne pas l'avertir du tort qu'on lui faisait.
Or comme avec les rois il faut plus de mystère
Qu'avec que d'autres gens sans doute il n'en faudroit,
Et que de but en blanc leur parler d'une affaire,
Dont le discours leur doit déplaire,
Ce serait être maladroit ;
Pour adoucir la chose, il fallut que Joconde,
Depuis l'origine du monde,
Fît un dénombrement des rois et des césars,
Qui sujets comme nous à ces communs hasards,
Malgré les soins dont leur grandeur se pique,
Avaient vu leurs femmes tomber
En telle ou semblable pratique,
Et l'avaient vu sans succomber
A la douleur, sans se mettre en colère,

Et sans en faire pire chère.
Moi qui vous parle, Sire, ajouta le Romain,
Le jour que pour vous voir je me mis en chemin,
Je fus forcé par mon destin,
De reconnaître Cocuage
Pour un des dieux du mariage,
Et comme tel de lui sacrifier.
Là-dessus il conta, sans en rien oublier,
Toute sa déconvenue ;
Puis vint à celle du roi.
Je vous tiens, dit Astolphe, homme digne de foi ;
Mais la chose, pour être crue,
Mérite bien d'être vue :
Menez-moi donc sur les lieux.
Cela fut fait, et de ses propres yeux
Astolphe vit des merveilles,
Comme il en entendit de ses propres oreilles.
L'énormité du fait le rendit si confus,
Que d'abord tous ses sens demeurèrent perclus :
Il fut comme accablé de ce cruel outrage :
Mais bientôt il le prit en homme de courage,
En galant homme, et pour le faire court,
En véritable homme de cour.
Nos femmes, ce dit-il, nous en ont donné d'une ;
Nous voici lâchement trahis :
Vengeons-nous-en, et courons le pays ;
Cherchons partout notre fortune.
Pour réussir dans ce dessein,

Nous changerons nos noms, je laisserai mon train,
Je me dirai votre cousin,
Et vous ne me rendrez aucune déférence :
Nous en ferons l'amour avec plus d'assurance,
Plus de plaisir, plus de commodité,
Que si j'étais suivi selon ma qualité.
Joconde approuva fort le dessein du voyage.
Il nous faut dans notre équipage,
Continua le prince, avoir un livre blanc :
Pour mettre les noms de celles
Qui ne seront pas rebelles,
Chacune selon son rang.
Je consens de perdre la vie,
Si devant que sortir des confins d'Italie
Tout notre livre ne s'emplit ;
Et si la plus sévère à nos vœux ne se range :
Nous sommes beaux ; nous avons de l'esprit ;
Avec cela bonnes lettres de change ;
Il faudrait être bien étrange,
Pour résister à tant d'appas,
Et ne pas tomber dans les lacs
De gens qui sèmeront l'argent et la fleurette,
Et dont la personne est bien faite.
Leur bagage étant prêt, et le livre surtout,
Nos galants se mettent en voie.
Je ne viendrais jamais à bout
De nombrer les faveurs que l'Amour leur envoie :
Nouveaux objets, nouvelle proie :

Heureuses les beautés qui s'offrent à leurs yeux !
Et plus heureuse encor celle qui peut leur plaire !
Il n'est en la plupart des lieux
Femme d'échevin, ni de maire,
De podestat, de gouverneur,
Qui ne tienne à fort grand honneur
D'avoir en leur registre place.
Les cœurs que l'on croyait de glace
Se fondent tous à leur abord.
J'entends déjà maint esprit fort
M'objecter que la vraisemblance
N'est pas en ceci tout à fait.
Car, dira-t-on, quelque parfait
Que puisse être un galant dedans cette science,
Encor faut-il du temps pour mettre un cœur à bien.
S'il en faut, je n'en sais rien
Ce n'est pas mon métier de cajoler personne :
Je le rends comme on me le donne ;
Et l'Arioste ne ment pas.
Si l'on voulait à chaque pas
Arrêter un conteur d'histoire,
Il n'aurait jamais fait, suffit qu'en pareil cas
Je promets à ces gens quelque jour de les croire.
Quand nos aventuriers eurent goûté de tout
(De tout un peu, c'est comme il faut l'entendre)
Nous mettrons, dit Astolphe, autant de cœurs à bout
Que nous voudrons en entreprendre
Mais je tiens qu'il vaut mieux attendre.

Arrêtons-nous pour un temps quelque part
Et cela plus tôt que plus tard ;
Car en amour, comme à la table,
Si l'on en croit la Faculté,
Diversité de mets peut nuire à la santé.
Le trop d'affaires nous accable ;
Ayons quelque objet en commun ;
Pour tous les deux c'est assez d'un.
J'y consens, dit Joconde, et je sais une dame
Près de qui nous aurons toute commodité.
Elle a beaucoup d'esprit, elle est belle, elle est femme
D'un des premiers de la cité.
Rien moins, reprit le roi, laissons la qualité :
Sous les cotillons des grisettes,
Peut loger autant de beauté,
Que sous les jupes des coquettes.
D'ailleurs, il n'y faut point faire tant de façon,
Etre en continuel soupçon,
Dépendre d'une humeur fière, brusque, ou volage :
Chez les dames de haut parage
Ces choses sont à craindre, et bien d'autres encor.
Une grisette est un trésor ;
Car sans se donner de la peine,
Et sans qu'aux bals on la promène,
On en vient aisément à bout ;
On lui dit ce qu'on veut, bien souvent rien du tout.
Le point est d'en trouver une qui soit fidèle
Choisissons-la toute nouvelle,

Qui ne connaisse encor ni le mal ni le bien.
Prenons, dit le Romain, la fille de notre hôte ;
Je la tiens pucelle sans faute.
Et si pucelle qu'il n'est rien
De plus puceau que cette belle ;
Sa poupée en sait autant qu'elle.
J'y songeais, dit le roi, parlons-lui des ce soir.
Il ne s'agit que de savoir
Qui de nous doit donner à cette jouvencelle,
Si son cœur se rend à nos vœux,
La première leçon du plaisir amoureux.
Je sais que cet honneur est pure fantaisie
Toutefois étant roi, l'on me le doit céder,
Du reste il est aisé de s'en accommoder.
Si c'était, dit Joconde, une cérémonie,
Vous auriez droit de prétendre le pas,
Mais il s'agit d'un autre cas.
Tirons au sort, c'est la justice ;
Deux pailles en feront l'office.
De la chape à l'évêque hélas ils se battaient,
Les bonnes gens qu'ils étaient.
Quoi qu'il en soit, Joconde eut l'avantage
Du prétendu pucelage.
La belle étant venue en leur chambre le soir,
Pour quelque petite affaire ;
Nos deux aventuriers près d'eux la firent seoir,
Louèrent sa beauté, tachèrent de lui plaire,
Firent briller une bague à ses yeux.

A cet objet si précieux
Son cœur fit peu de résistance.
Le marché se conclut, et dès la même nuit,
Toute l'hôtellerie étant dans le silence,
Elle les vient trouver sans bruit.
Au milieu d'eux ils lui font prendre place,
Tant qu'enfin la chose se passe
Au grand plaisir des trois, et surtout du Romain,
Qui crut avoir rompu la glace.
Je lui pardonne, et c'est en vain
Que de ce point on s'embarrasse.
Car il n'est si sotte après tout
Qui ne puisse venir à bout
De tromper à ce jeu le plus sage du monde :
Salomon qui grand clerc étoit
Le reconnaît en quelque endroit,
Dont il ne souvint pas au bonhomme Joconde.
Il se tint content pour le coup,
Crut qu'Astolphe y perdait beaucoup ;
Tout alla bien, et maître Pucelage
Joua des mieux son personnage.
Un jeune gars pourtant en avait essayé.
Le temps à cela près fut fort bien employé,
Et si bien que la fille en demeura contente
Le lendemain elle le fut encor,
Et même encor la nuit suivante
Le jeune gars s'étonna fort
Du refroidissement qu'il remarquait en elle :

Il se douta du fait, la guetta, la surprit,
Et lui fit fort grosse querelle.
Afin de l'apaiser la belle lui promit,
Foi de fille de bien, que sans aucune faute,
Leurs hôtes déloges, elle lui donnerait
Autant de rendez-vous qu'il en demanderait.
Je n'ai souci, dit-il, ni d'hôtesse ni d'hôte :
Je veux cette nuit même, ou bien je dirai tout.
Comment en viendrons-nous a bout ?
(Dit la fille fort affligée)
De les aller trouver je me suis engagée :
Si j'y manque, adieu l'anneau,
Que j'ai gagné bien et beau,
Faisons que l'anneau vous demeure,
Reprit le garçon, tout à l'heure.
Dites-moi seulement, dorment-ils fort tous deux ?
Oui, reprit-elle, mais entre eux
Il faut que toute nuit je demeure couchée
Et tandis que je suis avec l'un empêchée
L'autre attend sans mot dire et s'endort bien souvent,
Tant que le siège soit vacant
C'est la leur mot. Le gars dit à l'instant :
Je vous irai trouver pendant leur premier somme.
Elle reprit : Ah ! gardez-vous-en bien ;
Vous seriez un mauvais homme.
Non, non, dit-il, ne craignez rien,
Et laissez ouverte la porte.
La porte ouverte elle laissa ;

Le galant vint, et s'approcha
Des pieds du lit ; puis fit en sorte,
Qu'entre les draps il se glissa :
Et Dieu sait comme il se plaça ;
Et comme enfin tout se passa :
Et de ceci, ni de cela,
Ne se douta le moins du monde,
Ni le roi lombard ni Joconde.
Chacun d'eux pourtant s'éveilla
Bien étonné de telle aubade.
Le roi lombard dit à part soi :
Qu'a donc mangé mon camarade ?
Il en prend trop ; et sur ma foi,
C'est bien fait s'il devient malade.
Autant en dit de sa part le Romain.
Et le garçon ayant repris haleine,
S'en donna pour le jour, et pour le lendemain ;
Enfin pour toute la semaine.
Puis les voyant tous deux rendormis à la fin,
Il s'en alla de grand matin,
Toujours par le même chemin,
Et fut suivi de la donzelle,
Qui craignait fatigue nouvelle.
Eux éveilles, le roi dit au Romain :
Frère, dormez jusqu'à demain :
Vous en devez avoir envie,
Et n'avez à présent besoin que de repos.
Comment ? dit le Romain : mais vous-même, à propos

Vous avez fait tantôt une terrible vie.
Moi ? dit le roi, j'ai toujours attendu :
Et puis voyant que c'était temps perdu,
Que sans pitié ni conscience
Vous vouliez jusqu'au bout tourmenter ce tendron,
Sans en avoir d'autre raison
Que d'éprouver ma patience,
Je me suis, malgré moi, jusqu'au jour rendormi.
Que s'il vous eut plu, notre ami,
J'aurais couru volontiers quelque poste.
C'eut été tout, n'ayant pas la riposte
Ainsi que vous : qu'y ferait-on ?
Pour Dieu, reprit son compagnon,
Cessez de vous railler, et changeons de matière.
Je suis votre vassal vous l'avez bien fait voir.
C'est assez que tantôt il vous ait plu d'avoir
La fillette tout entière :
Disposez-en ainsi qu'il vous plaira ;
Nous verrons si ce feu toujours vous durera.
Il pourra, dit le roi, durer toute ma vie,
Si j'ai beaucoup de nuits telles que celle-ci.
Sire, dit le Romain, trêve de raillerie,
Donnez-moi mon congé, puisqu'il vous plaît ainsi.
Astolphe se piqua de cette repartie ;
Et leurs propos s'allaient de plus en plus aigrir,
Si le roi n'eut fait venir
Tout incontinent la belle.
Ils lui dirent : Jugez-nous,

En lui contant leur querelle.
Elle rougit, et se mit à genoux ;
Leur confessa tout le mystère.
Loin de lui faire pire chère,
Ils en rirent tous deux : l'anneau lui fut donné,
Et maint bel écu couronne,
Dont peu de temps après on la vit mariée,
Et pour pucelle employée.
Ce fut par là que nos aventuriers
Mirent fin à leurs aventures,
Se voyant chargés de lauriers
Qui les rendront fameux chez les races futures :
Lauriers d'autant plus beaux, qu'il ne leur en coûta
Qu'un peu d'adresse, et quelques feintes larmes ;
Et que loin des dangers et du bruit des alarmes,
L'un et l'autre les remporta.
Tout fiers d'avoir conquis les cœurs de tant de belles,
Et leur livre étant plus que plein,
Le roi lombard dit au Romain :
Retournons au logis par le plus court chemin :
Si nos femmes sont infidèles,
Consolons-nous, bien d'autres le sont qu'elles.
La constellation changera quelque jour :
Un temps viendra que le flambeau d'Amour
Ne brûlera les cœurs que de pudiques flammes :
A présent on dirait que quelque astre malin
Prend plaisir aux bons tours des maris et des femmes.
D'ailleurs tout l'univers est plein

De maudits enchanteurs, qui des corps et des âmes,
Font tout ce qu'il leur plaît : savons-nous si ces gens
(Comme ils sont traîtres et méchants,
Et toujours ennemis, soit de l'un, soit de l'autre)
N'ont point ensorcelé mon épouse et la vôtre ?
Et si par quelque étrange cas,
Nous n'avons point cru voir chose qui n'était pas ?
Ainsi que bons bourgeois achevons notre vie,
Chacun près de sa femme, et demeurons-en la.
Peut-être que l'absence, ou bien la jalousie,
Nous ont rendu leurs cœurs, que l'Hymen nous ôta.
Astolphe rencontra dans cette prophétie.
Nos deux aventuriers, au logis retournes,
Furent très bien reçus, pourtant un peu grondés ;
Mais seulement par bienséance.
L'un et l'autre se vit de baisers régalé :
On se récompensa des pertes de l'absence,
Il fut dansé, sauté, ballé ;
Et du nain nullement parlé,
Ni du valet comme je pense.
Chaque époux s'attachant auprès de sa moitié,
Vécut en grand soulas, en paix, en amitié,
Le plus heureux, le plus content du monde.
La reine à son devoir ne manqua d'un seul point :
Autant en fit la femme de Joconde :
Autant en font d'autres qu'on ne sait point.

Richard Minulto

C'est de tout temps qu'à Naples on a vu
Régner l'amour et la galanterie :
De beaux objets cet état est pourvu,
Mieux que pas un qui soit en Italie.
Femmes y sont, qui font venir l'envie
D'être amoureux, quand on ne voudrait pas.
Une surtout ayant beaucoup d'appas
Eut pour amant un jeune gentilhomme,
Qu'on appelait Richard Minutolo :
Il n'était lors de Paris jusqu'à Rome
Galant qui sut si bien le numéro.
Force lui fut ; d'autant que cette belle
(Dont sous le nom de madame Catelle
Il est parlé dans le Décaméron)
Fut un long temps si dure et si rebelle,
Que Minutol n'en sut tirer raison.
Que fait-il donc ? comme il voit que son zèle
Ne produit rien, il feint d'être guéri ;
Il ne va plus chez madame Catelle ;
Il se déclare amant d'une autre belle ;
Il fait semblant d'en être favori.
Catelle en rit ; pas grain de jalousie.
Sa concurrente était sa bonne amie :
Si bien qu'un jour qu'ils étaient en devis,

Minutolo pour lors de la partie,
Comme en passant mit dessus le tapis
Certains propos de certaines coquettes,
Certain mari, certaines amourettes,
Qu'il controuva sans personne nommer ;
Et fit si bien que madame Catelle
De son époux commence à s'alarmer,
Entre en soupçon, prend le morceau pour elle.
Tant en fut dit, que la pauvre femelle,
Ne pouvant plus durer en tel tourment,
Voulut savoir de son défunt amant,
Qu'elle tira dedans une ruelle,
De quelles gens il entendait parler :
Qui, quoi, comment, et ce qu'il voulait dire.
Vous avez eu, lui dit-il, trop d'empire
Sur mon esprit pour vous dissimuler.
Votre mari voit Madame Simone :
Vous connaissez la galande que c'est :
Je ne le dis pour offenser personne ;
Mais il y va tant de votre intérêt,
Que je n'ai pu me taire davantage.
Si je vivais dessous votre servage,
Comme autrefois, je me garderais bien
De vous tenir un semblable langage,
Qui de ma part ne serait bon à rien.
De ses amants toujours on se méfie.
Vous penseriez que par supercherie
Je vous dirais du mal de votre époux ;

Mais grâce à Dieu je ne veux rien de vous.
Ce qui me meut n'est du tout que bon zèle.
Depuis un jour j'ai certaine nouvelle,
Que votre époux chez Janot le baigneur
Doit se trouver avec que sa donzelle.
Comme Janot n'est pas fort grand seigneur,
Pour cent ducats vous lui ferez tout dire ;
Pour cent ducats il fera tout aussi.
Vous pouvez donc tellement vous conduire,
Qu'au rendez-vous trouvant votre mari,
Il sera pris sans s'en pouvoir dédire.
Voici comment. La dame a stipulé
Qu'en une chambre, ou tout sera fermé,
L'on les mettra ; soit craignant qu'on ait vue
Sur le baigneur ; soit que sentant son cas,
Simone encor n'ait toute honte bue.
Prenez sa place, et ne marchandez pas :
Gagnez Janot ; donnez-lui cent ducats ;
Il vous mettra dedans la chambre noire ;
Non pour jeûner, comme vous pouvez croire :
Trop bien ferez tout ce qu'il vous plaira.
Ne parlez point, vous gâteriez l'histoire,
Et vous verrez comme tout en ira.
L'expédient plus très fort à Catelle.
De grand dépit Richard elle interrompt :
Je vous entends, c'est assez, lui dit-elle,
Laissez-moi faire ; et le drôle et sa
Verront beau jeu si la corde ne rompt.

Pensent-ils donc que je sois quelque buse ?
Lors pour sortir elle prend une excuse,
Et tout d'un pas s'en va trouver Janot,
A qui Richard avait donne le mot.
L'argent fait tout : si l'on en prend en France
Pour obliger en de semblables cas,
On peut juger avec grande apparence,
Qu'en Italie on n'en refuse pas.
Pour tout carquois, d'une large escarcelle
En ce pays le dieu d'amour se sert.
Janot en prend de Richard, de Catelle ;
Il en eut pris du grand diable d'enfer.
Pour abréger, la chose s'exécute
Comme Richard était imaginé.
Sa maîtresse eut d'abord quelque dispute
Avec Janot qui fit le réservé : Mais en voyant bel argent bien compté,
Il promet plus que l'on ne lui demande.
Le temps venu d'aller au rendez- vous,
Minutolo s'y rend seul de sa bande ;
Entre en la chambre ; et n'y trouve aucuns trous
Par où le jour puisse nuire à sa flamme.
Guère n'attend : il tardait à la dame
D'y rencontrer son perfide époux,
Bien préparée à lui chanter sa gamme.
Pas n'y manqua, l'on peut s'en assurer.
Dans le lieu dit Janot la fit entrer,
Là ne trouva ce qu'elle allait chercher :

Point de mari, point de Dame Simone
Mais au lieu d'eux Minutol en personne,
Qui sans parler se mit à l'embrasser.
Quant au surplus je le laisse à penser :
Chacun s'en doute assez sans qu'on le die.
De grand plaisir notre amant s'extasie.
Que si le jeu plut beaucoup à Richard,
Catelle aussi, toute rancune à part,
Le laissa faire, et ne voulut mot dire
Il en profite, et se garde de rire ;
Mais toutefois ce n'est pas sans effort
De figurer le plaisir qu'a le sire,
Il me faudrait un esprit bien plus fort
Premièrement il jouit de sa belle ;
En second lieu il trompe une cruelle ;
Et croit gagner les pardons en cela.
Mais à la fin Catelle s'emporta :
C'est trop souffrir, traître, ce lui dit-elle,
Je ne suis pas celle que tu prétends.
Laisse-moi là ; sinon à belles dents
Je te déchire, et te saute à la vue.
C'est donc cela que tu te tiens en mue,
Fais le malade et te plains tous les jours ;
Te réservant sans doute à tes amours.
Parle, méchant, dis-moi, suis- je pourvue
De moins d'appas ? ai-je moins d'agrément,
Moins de beauté que ta dame Simone ?
Le rare oiseau ! ô la belle friponne !

T'aimais-je moins ? je te hais à présent ;
Et plut à Dieu que je t'eusse vu pendre.
Pendant cela Richard pour l'apaiser
La caressait, tâchait de la baiser ;
Mais il ne put ; elle s'en sut défendre.
Laisse-moi là, se mit-elle à crier
Comme un enfant penses-tu me traiter ?
N'approche point, je ne suis plus ta femme :
Rends-moi mon bien, va t' en trouver ta dame
Va déloyal, va t'en, je te le dis.
Je suis bien sotte, et bien de mon pays
De te garder la foi de mariage :
A quoi tient-il, que pour te rendre sage,
Tout sur-le-champ, je t'envoie quérir
Minutolo qui m'a si fort chérie ?
Je le devrais afin de te punir ;
Et sur ma foi, j'en ai presque l'envie.
A ce propos le galant éclata.
Tu ris, dit-elle, ô dieux ! quelle insolence !
Rougira-t-il ? voyons sa contenance.
Lors de ses bras la belle s'échappa ;
D'une fenêtre à tâtons approcha ;
L'ouvrit de force ; et fut bien étonnée
Quand elle vit Minutol son amant :
Elle tomba plus d'à demi pâmée.
Ah ! qui t'eut cru, dit-elle, si méchant ?
Que dira-t-on ? me voilà diffamée.
Qui le saura ? dit Richard à l'instant ;

Janot est sûr, j'en réponds sur ma vie.
Excusez donc si je vous ai trahie ;
Ne me sachez mauvais gré d'un tel tour :
Adresse, force, et ruse, et tromperie ;
Tout est permis en matière d'amour.
J'étais réduit avant ce stratagème
A vous servir sans plus pour vos beaux yeux :
Ai-je failli de me payer moi-même ?
L'eussiez-vous fait ? non sans doute ; et les dieux
En ce rencontre ont tout fait pour le mieux :
Je suis content ; vous n'êtes point coupable ;
Est-ce de quoi paraître inconsolable ?
Pourquoi gémir ? j'en connais, Dieu merci,
Qui voudraient bien qu'on les trompât ainsi.
Tout ce discours n'apaisa point Catelle.
Elle se mit à pleurer tendrement.
En cet état elle parut si belle,
Que Minutol de nouveau s'enflammant
Lui prit la main. Laisse-moi, lui dit-elle ;
Contente-toi, veux-tu donc que j'appelle
Tous les voisins, tous les gens de Janot ?
Ne faites point, dit-il, cette folie ;
Votre plus court est de ne dire mot.
Pour de l'argent, et non par tromperie
(Comme le monde est à présent bâti)
L'on vous croirait venue en ce lieu-ci.
Que si d'ailleurs cette supercherie
Allait jamais jusqu'à votre mari,

Quel déplaisir ! songez-y je vous prie ;
En des combats n'engagez point sa vie ;
Je suis du moins aussi mauvais que lui.
A ces raisons enfin Catelle cède.
La chose étant, poursuit-il, sans remède,
Le mieux sera que vous vous consoliez.
N'y pensez plus. Si pourtant vous vouliez…
Mais bannissons bien loin toute espérance ;
Jamais mon zèle et ma persévérance
N'ont eu de vous que mauvais traitement.
Si vous vouliez, vous feriez aisément,
Que le plaisir de cette jouissance
Ne serait pas, comme il est. imparfait :
Que reste-t-il ? le plus fort en est fait.
Tant bien sut dire, et prêcher, que la dame
Séchant ses yeux, rassérénant son âme,
Plus doux que miel à la fin l'écouta.
D'une faveur en une autre il passa,
Eut un souris, puis après autre chose,
Puis un baiser, puis autre chose encor ;
Tant que la belle, après un peu d'effort,
Vient à son point, et le drôle en dispose.
Heureux cent fois plus qu'il n'avait été !
Car quand l'Amour d'un et d'autre côté
Veut s'entremettre, et prend part à l'affaire,
Tout va bien mieux, comme m'ont assuré
Ceux que l'on tient savants en ce mystère.
Ainsi Richard jouit de ses amours,

Vécut content, et fit force bons tours,
Dont celui-ci peut passer à la montre.
Pas ne voudrais en faire un plus rusé :
Que plût à Dieu qu'en certaine rencontre
D'un pareil cas je me fusse avisé !

Le cocu, battu, et content

N'a pas longtemps de Rome revenait
Certain cadet qui n'y profita guère
Et volontiers en chemin séjournait
Quand par hasard le galant rencontrait
Bon vin, bon gîte, et belle chambrière.
Avint qu'un jour en un bourg arrêté
Il vit passer une dame jolie,
Leste, pimpante, et d'un page suivie,
En la voyant, il en fut enchanté.
La convoita ; comme bien savait faire.
Prou de pardons il avait rapporté ;
De vertu peu ; chose assez ordinaire.
La dame était de gracieux maintien,
De doux regard, jeune, fringante et belle ;
Somme qu'enfin il ne lui manquait rien,
Fors que d'avoir un ami digne d'elle.
Tant se la mit le drôle en la cervelle,
Que dans sa peau peu ni point ne durait :
Et s'informant comment on l'appelait :
C'est, lui dit-on, la dame du village.
Messire Bon l'a prise en mariage,
Quoiqu'il n'ait plus que quatre cheveux gris :
Mais comme il est des premiers du pays,
Son bien supplée au défaut de son âge.

Notre cadet tout ce détail apprit,
Dont il conçut espérance certaine.
Voici comment le pèlerin s'y prit.
Il renvoya dans la ville prochaine
Tous ses valets ; puis s'en fut au château :
Dit qu'il était un jeune jouvenceau,
Qui cherchait maître, et qui savait tout faire.
Messire Bon fort content de l'affaire
Pour fauconnier le loua bien et beau.
(Non toutefois sans l'avis de sa femme)
Le fauconnier plut très fort à la dame ;
Et n'étant homme en tel pourchas nouveau,
Guère ne mit à déclarer sa flamme.
Ce fut beaucoup ; car le vieillard était
Fou de sa femme, et fort peu la quittait,
Sinon les jours qu'il allait à la chasse.
Son fauconnier, qui pour lors le suivait,
Eut demeuré volontiers en sa place.
La jeune dame en était bien d'accord,
Ils n'attendaient que le temps de mieux faire.
Quand je dirai qu'il leur en tardait fort,
Nul n'osera soutenir le contraire.
Amour enfin, qui prit à cœur l'affaire,
Leur inspira la ruse que voici.
La dame dit un soir à son mari :
Qui croyez-vous le plus rempli de zèle
De tous vos gens ? Ce propos entendu
Messire Bon lui dit : J'ai toujours cru

Le fauconnier garçon sage et fidèle ;
Et c'est à lui que plus je me fierois.
Vous auriez tort, repartit cette belle ;
C'est un méchant : il me tint l'autre fois
Propos d'amour, dont je fus si surprise,
Que je pensai tomber tout de mon haut ;
Car qui croirait une telle entreprise ?
Dedans l'esprit il me vint aussitôt
De l'étrangler, de lui manger la vue :
Il tint à peu ; je n'en fus retenue,
Que pour n'oser un tel cas publier :
Même, à dessein qu'il ne le put nier,
Je fis semblant d'y vouloir condescendre ;
Et cette nuit sous un certain poirier
Dans le jardin je lui dis de m'attendre.
Mon mari, dis-je, est toujours avec moi,
Plus par amour que doutant de ma foi ;
Je ne me puis dépêtrer de cet homme,
Sinon la nuit pendant son premier somme :
D'auprès de lui tâchant de me lever,
Dans le jardin je vous irai trouver.
Voilà l'état où j'ai laissé l'affaire.
Messire Bon se mit fort en colère.
Sa femme dit : Mon mari, mon époux,
Jusqu'à tantôt cachez votre courroux ;
Dans le jardin attrapez-le vous- même ;
Vous le pourrez trouver fort aisément ;
Le poirier est à main gauche en entrant.

Mais il vous faut user de stratagème :
Prenez ma jupe, et contrefaites-vous ;
Vous entendrez son insolence extrême :
Lors d'un bâton donnez-lui tant de coups,
Que le galant demeure sur la place.
Je suis d'avis que le friponneau fasse
Tel compliment à des femmes d'honneur !
Époux retint cette leçon par cœur.
Onc il ne fut une plus forte dupe
Que ce vieillard, bon homme au demeurant.
Le temps venu d'attraper le galant,
Messire Bon se couvrit d'une jupe,
S'encornêta, courut incontinent
Dans le jardin, ou ne trouva personne :
Garde n'avait : car, tandis qu'il frissonne,
Claque des dents, et meurt quasi de froid,
Le pèlerin, qui le tout observoit,
Va voir la dame ; avec elle se donne
Tout le bon temps qu'on a, comme je crois,
Lorsqu'Amour seul étant de la partie
Entre deux draps on tient femme jolie ;
Femme jolie, et qui n'est point à soi.
Quand le galant un assez bon espace
Avec la dame eut été dans ce lieu,
Force lui fut d'abandonner la place :
Ce ne fut pas sans le vin de l'adieu.
Dans le jardin il court en diligence.
Messire Bon rempli d'impatience

A tous moments sa paresse maudit.
Le pèlerin, d'aussi loin qu'il le vie,
Feignit de croire apercevoir la dame,
Et lui cria : Quoi donc méchante femme !
A ton mari tu brassais un tel tour !
Est-ce le fruit de son parfait amour !
Dieu soit témoin que pour toi j'en ai honte :
Et de venir ne tenais quasi compte,
Ne te croyant le cœur si perverti,
Que de vouloir tromper un tel mari.
Or bien, je vois qu'il te faut un ami ;
Trouvé ne l'as en moi, je t'en assure.
Si j'ai tiré ce rendez-vous de toi,
C'est seulement pour éprouver ta foi :
Et ne t'attends de m'induire à luxure :
Grand pécheur suis ; mais j'ai, la Dieu merci,
De ton honneur encor quelque souci.
A Monseigneur ferais-je un tel outrage ?
Pour toi, tu viens avec un front de page :
Mais, foi de Dieu, ce bras te châtiera ;
Et Monseigneur puis après le saura.
Pendant ces mots époux pleurait de joie,
Et tout ravi disait entre ses dents :
Loué soit Dieu, dont la bonté m'envoie
Femme et valet si chastes, si prudents.
Ce ne fut tout ; car à grands coups de gaule
Le pèlerin vous lui froisse une épaule ;
De horions laidement l'accoutra ;

Jusqu'au logis ainsi le convoya.
Messire Bon eut voulu que le zèle
De son valet n'eut été jusque-là ;
Mais le voyant si sage et si fidèle,
Le bonhommeau des coups se consola.
Dedans le lit sa femme il retrouva ;
Lui conta tout, en lui disant : M'amie,
Quand nous pourrions vivre cent ans encor,
Ni vous ni moi n'aurions de notre vie
Un tel valet ; c'est sans doute un trésor.
Dans notre bourg je veux qu'il prenne femme :
A l'avenir traitez-le ainsi que moi.
Pas n'y faudrai, lui repartit la dame ;
Et de ceci je vous donne ma foi.

Le mari confesseur

Messire Artus sous le grand roi François
Alla servir aux guerres d'Italie ;
Tant qu'il se vit, après maints beaux
exploits,
Fait chevalier en grand' cérémonie.
Son général lui chaussa l'éperon :
Dont il croyait que le plus haut baron
Ne lui dut plus contester le passage.
Si s'en revient tout fier en son village,
Où ne surprit sa femme en oraison.
Seule il l'avait laissée à la maison ;
Il la retrouve en bonne compagnie,
Dansant, sautant, menant joyeuse vie,
Et des muguets avec elle à foison.
Messire Artus ne prit goût à l'affaire ;
Et ruminant sur ce qu'il devait faire :
Depuis que j'ai mon village quitté,
Si j'étais crû, dit-il, en dignité
De cocuage et de chevalerie :
C'est moitié trop, sachons la vérité.
Pour ce s'avise, un jour de confrérie,
De se vêtir en prêtre, et confesser.
Sa femme vient à ses pieds se placer.
De prime abord sont par la bonne dame

Expédiés tous les pêchés menus ;
Puis à leur tour les gros étant venus,
Force lui fut qu'elle changeât de gamme.
Père, dit-elle, en mon lit sont reçus
Un gentilhomme, un chevalier, un prêtre.
Si le mari ne se fût fait connaître,
Elle en allait enfiler beaucoup plus ;
Courte n'était pour sûr la kyrielle.
Son mari donc l'interrompt là-dessus
Dont bien lui prit : Ah, dit-il, infidèle !
Un prêtre même ! à qui crois-tu parler ?
A mon mari, dit la fausse femelle
Qui d'un tel pas se sut bien démêler.
Je vous ai vu dans ce lieu vous couler
Ce qui m'a fait douter du badinage.
C'est un grand cas étant homme si sage
Vous n'ayez su l'énigme débrouiller.
On vous a fait, dites-vous, chevalier :
Auparavant vous étiez gentilhomme :
Vous êtes prêtre avec que ces habits.
Béni soit Dieu ! dit alors le bon homme :
Je suis un sot de l'avoir si mal pris.

Conte d'une chose arrivée à Château-Thierry

Un savetier, que nous nommerons Blaise,
Prit belle femme ; et fut très avisé
Les bonnes gens qui n'étaient à leur aise,
S'en vont prier un marchand peu rusé,
Qu'il leur prêtât dessous bonne promesse
Mi-muid de grain ; ce que le marchand fait.
Le terme échu, ce créancier les presse.
Dieu sait pourquoi : le galant, en effet,
Crut que par là baiserait la commère.
Vous avez trop de quoi me satisfaire
(Ce lui dit-il) et sans débourser rien –
Accordez-moi ce que vous savez bien.
Je songerai, répond-elle, à la chose.
Puis vient trouver Blaise tout aussitôt,
L'avertissant de ce qu'on lui propose.
Blaise lui dit : Par bieu, femme, il nous faut
Sans coup férir rattraper notre somme.
Tout de ce pas allez dire à cet homme
Qu'il peut venir, et que je n'y suis point.
Je veux ici me cacher tout à point.
Avant le coup demandez la cédule.
De la donner je ne crois qu'il recule.
Puis tousserez afin de m'avertir ;
Mais haut et clair, et plutôt deux fois qu'une.

Lors de mon coin vous me verrez sortir
Incontinent, de crainte de fortune.
Ainsi fut dit, ainsi s'exécuta.
Dont le mari puis après se vanta ;
Si que chacun glosait sur ce mystère.
Mieux eût valu tousser après l'affaire,
(Dit à la belle un des plus gros bourgeois)
Vous eussiez eu votre compte tous trois.
N'y manquez plus, sauf après de se taire.
Mais qu'en est-il ? or ça, belle, entre nous.
Elle répond : Ah Monsieur ! croyez-vous
Que nous ayons tant d'esprit que vos dames ?
Notez qu'illec avec deux autres femmes,
Du gros bourgeois l'épouse était aussi)
Je pense bien, continua la belle.
Qu'en pareil cas Madame en use ainsi ;
Mais quoi, chacun n'est pas si sage qu'elle.

Conte tiré d'Athénée

Axiochus avec Alcibiades
Jeunes, bien faits, galants, et vigoureux,
Par bon accord comme grands camarades,
En même nid furent pondre tous deux.
Qu'arrive-t-il ? L'un de ces amoureux
Tant bien exploite autour de la donzelle,
Qu'il en naquit une fille si belle,
Qu'ils s'en vantaient tous deux également.
Le temps venu que cet objet charmant
Put pratiquer les leçons de sa mère ;
Chacun des deux en voulut être amant ;
Plus n'en voulut l'un ni l'autre être père.
Frère, dit l'un, ah ! vous ne sauriez faire
Que cet enfant ne soit vous tout craché.
Parbieu, dit l'autre, il est à vous, compère ;
Je prends sur moi le hasard du pêché.

Autre conte tiré d'Athénée

À son souper un glouton
Commande que l'on apprête
Pour lui seul un esturgeon,
Sans en laisser que la tête,
Il soupe ; il crève ; on y court ;
On lui donne maints clystères.
On lui dit, pour faire court,
Qu'il mette ordre à ses affaires.
Mes amis, dit le goulu,
M'y voilà tout résolu ;
Et puisqu'il faut que je meure,
Sans faire tant de façon,
Qu'on m'apporte tout à l'heure
Le reste de mon poisson.

Conte de **** (sœur Jeanne)

Sœur Jeanne ayant fait un poupon,
Jeûnait, vivait en sainte fille.
Toujours était en oraison.
Et toujours ses sœurs à la grille.
Un jour donc l'abbesse leur dit ;
Vivez comme sœur Jeanne vit ;
Fuyez le monde et sa séquelle
Toutes reprirent à l'instant :
Nous serons aussi sages qu'elle
Quand nous en aurons fait autant.

Conte du Juge de Mesle

Deux avocats qui ne s'accordaient point
Rendaient perplexe un juge de province :
Si ne put onc découvrir le vrai point ;
Tant lui semblait que fût obscur et mince.
Deux pailles prend d'inégale grandeur :
Du doigt les serre ; il avait bonne pince
La longue échet sans faute au défendeur,
Dont renvoyé s'en va gai comme un prince
La cour s'en plaint, et le juge repart :
Ne me blâmez, Messieurs, pour cet égard
De nouveauté dans mon fait il n'est maille ;
Maint d'entre vous souvent juge au hasard
Sans que pour ce tire à la courte paille.

Conte d'un paysan qui avait offensé son Seigneur

Un paysan son seigneur offensa.
L'histoire dit que c'était bagatelle ;
Et toutefois ce seigneur le tança
Fort rudement ; ce n'est chose nouvelle.
Coquin, dit-il, tu mérites la hart :
Fais ton calcul d'y venir tôt ou tard ;
C'est une fin à tes pareils commune.
Mais je suis bon ; et de trois peines l'une
Tu peux choisir. Ou de manger trente aulx,
J'entends sans boire, et sans prendre repos ;
Ou de souffrir trente bons coups de gaules,
Bien appliqués sur tes larges épaules ;
Ou de payer sur-le-champ cent écus.
Le paysan consultant là-dessus :
Trente aulx sans boire ! ah, dit-il en soi-même,
Je n'appris onc à les manger ainsi.
De recevoir les trente coups aussi,
Je ne le puis sans un péril extrême.
Les cent écus c'est le pire de tous.
Incertain donc il se mit à genoux,
Et s'écria : Pour Dieu, miséricorde.
Son seigneur dit : Qu'on apporte une corde ;
Quoi le galant m'ose répondre encor ?

Le paysan de peur qu'on ne le pende
Fait choix de l'ail ; et le seigneur commande
Que l'on en cueille, et surtout du plus fort.
Un après un lui même il fait le compte :
Puis quand il voit que son calcul se monte
A la trentaine, il les met dans un plat.
Et cela fait le malheureux pied-plat
Prend le plus gros ; en pitié le regarde ;
Mange, et rechigne, ainsi que fait un chat
Dont les morceaux sont frottés de moutarde.
Il n'oserait de la langue y toucher.
Son seigneur rit, et surtout il prend garde
Que le galant n'avale sans mâcher.
Le premier passe ; aussi fait le deuxième :
Au tiers il dit : Que le diable y ait part.
Bref il en fut à grand-peine au douzième,
Que s'écriant Haro la gorge m'ard
Tôt, tôt, dit-il, que l'on m'apporte à boire.
Son seigneur dit : Ah, ah, sire Grégoire,
Vous avez soif ! je vois qu'en vos repas
Vous humectez volontiers le lampas.
Or buvez donc ; et buvez à votre aise :
Bon prou vous fasse : Holà, du vin, holà.
Mais mon ami, qu'il ne vous en déplaise,
Il vous faudra choisir après cela
Des cent écus, ou de la bastonnade,
Pour suppléer au défaut de l'aillade.
Qu'il plaise donc, dit l'autre, à vos bontés

Que les aulx soient sur les coups précomptes :
Car pour l'argent, par trop grosse est la somme :
Où la trouver moi qui suis un pauvre homme ?
Hé bien, souffrez les trente horions,
Dit le seigneur ; mais laissons les oignons.
Pour prendre cœur, le vassal en sa panse
Loge un long trait ; se munit le dedans ;
Puis souffre un coup avec grande constance.
Au deux, il dit ; Donnez-moi patience,
Mon doux Jésus, en tous ces accidents.
Le tiers est rude, il en grince les dents,
Se courbe tout, et saute de sa place.
Au quart il fait une horrible grimace :
Au cinq un cri : mais il n'est pas au bout ;
Et c'est grand cas s'il peut digérer tout.
On ne vit onc si cruelle aventure.
Deux forts paillards ont chacun un bâton,
Qu'ils font tomber par poids et par mesure,
En observant la cadence et le ton.
Le malheureux n'a rien qu'une chanson.
Grâce, dit-il : mais las ! point de nouvelle ;
Car le seigneur fait frapper de plus belle,
Juge des coups, et tient sa gravite,
Disant toujours qu'il a trop de bonté.
Le pauvre diable enfin craint pour sa vie.
Après vingt coups d'un ton piteux il crie :
Pour Dieu cessez : hélas ! je n'en puis plus.
Son seigneur dit : Payez donc cent écus,

Net et comptant : je sais qu'à la desserre
Vous êtes dur ; j'en suis fâché pour vous.
Si tout n'est prêt, votre compère Pierre
Vous en peut bien assister entre nous.
Mais pour si peu vous ne vous feriez tondre.
Le malheureux n'osant presque répondre,
Court au mugot, et dit : C'est tout mon fait.
On examine, on prend un trébuchet
L'eau cependant lui coule de la face :
Il n'a point fait encor telle grimace.
Mais que lui sert ? il convient tout payer.
C'est grand'pitié quand on fâche son maître !
Ce paysan eut beau s'humilier ;
Et pour un fait, assez léger peut-être,
Il se sentit enflammer le gosier,
Vuider la bourse, émoucher les épaules ;
Sans qu'il lui fut, dessus les cent écus,
Ni pour les aulx, ni pour les coups de gaules,
Fait seulement grâce d'un carolus.

Imitation d'un conte intitulé « les Arrêts d'Amour »

Les gens tenant le Parlement d'Amours
Informaient pendant les Grands Jours,
D'aucuns abus commis en l'Ile de Cythère
Par devant eux se plaint un amant maltraité,
Disant que de longtemps il s'efforce de plaire
A certaine ingrate beauté.
Qu'il a donné des sérénades,
Des concerts et des promenades :
Item mainte collation,
Maint bal, et mainte comédie :
A consacré le plus beau de sa vie
A l'objet de sa passion :
S'est tourmenté le corps et l'âme,
Sans pouvoir obliger la dame
A payer seulement d'un souris son amour.
Partant conclut que cette belle
Soit condamnée à l'aimer à son tour.
Fut allégué d'autre part à la Cour
Que plus la dame était cruelle,
Plus elle avait d'embonpoint et d'attraits :
Que perdant ses appas Amour perdait ses traits :
Qu'il avait intérêt au repos de son âme :
Que quand on a le cœur en flamme

Le teint n'en est jamais si frais.
Qu'il était à propos pour la grandeur du prince,
Qu'elle traitât ainsi toute cette province,
Fît mille soupirants sans faire un bienheureux,
Dormît à son plaisir, conservât tous ses charmes,
Augmentât les tributs de l'empire amoureux,
Qui sont les soupirs et les larmes.
Que souffrir tels procès était un grand abus :
Et que le cas méritait une amende :
Concluant pour le surplus
Au renvoi de la demande.
Le procureur d'Amours intervint là- dessus,
Et conclut aussi pour la belle.
La Cour, leurs moyens entendus,
La renvoya : permis d'être cruelle ;
Avec dépens ; et tout ce qui s'ensuit.
Cet arrêt fit un peu de bruit
Parmi les gens de la province.
La raison de douter était tous les cadeaux,
Bijoux donnés, et des plus beaux
Qui prend se vend : mais l'intérêt du prince
Souvent plus fort qu'aucunes lois
L'emporta de quatre ou cinq voix.

Les Amours de Mars et de Vénus

Gélaste montre à Acante une tapisserie, ou sont représentées les Amours de Mars et de Vénus, et lui parle ainsi.

Vous devez avoir lu qu'autrefois le dieu Mars,
Blessé par Cupidon d'une flèche dorée,
Après avoir dompté les plus fermes remparts,
Mit le camp devant Cythèrée.
Le siège ne fut pas de fort longue durée :
A peine Mars se présenta,
Que la belle parlementa.
Dans les formes pourtant il entreprit l'affaire :
Par tous moyens tâcha de plaire :
De son ajustement prit d'abord un grand soin.
Considérez-le en ce coin,
Qui quitte sa mine fière.
Il se fait attacher son plus riche harnois.
Quand ce serait pour des jours de tournois,
On ne le verrait pas vêtu d'autre manière.
L'éclat de ses habits fait honte à l'œil du jour.
Sans cela, fit-on mordre aux Géants la poussière,
Il est bien malaisé de rien faire en amour.
En peu de temps Mars emporta la dame.
Il la gagna peut-être, en lui contant sa flamme :
Peut-être conta-t-il ses sièges, ses combats ;
Parla de contrescarpe, et cent autres merveilles

Que les femmes n'entendent pas,
Et dont pourtant les mots sont doux à leurs oreilles.
Voyez combien Vénus en ces lieux écartés
Aux yeux de ce guerrier étale de beautés :
Quels longs baisers ! la gloire a bien des charmes ;
Mais Mars en la servant ignore ces douceurs.
Son harnois est sur l'herbe : Amour pour toutes armes
Veut des soupirs et des larmes :
C'est ce qui triomphe des cœurs.

Phébus pour la déesse avait même dessein ;
Et charme de l'espoir d'une telle conquête
Couvait plus de feux dans son sein,
Qu'on n'en voyait à l'entour de sa tête.
C'était un dieu pourvu de cent charmes divers.
Il était beau mais il faisait des vers ;
Avait un peu trop de doctrine ;
Et qui pis est, savait la médecine.
Or soyez sûr qu'en amours,
Entre l'homme d'épée et l'homme de science,
Les dames au premier inclineront toujours ;
Et toujours le plumet aura la préférence.
Ce fut donc le guerrier qu'on aima mieux choisir.
Phébus outre de déplaisir
Apprit à Vulcan ce mystère ;
Et dans le fond d'un bois voisin de son séjour,
Lui fit voir avec Mars la reine de Cythère,
Qui n'avaient en ces lieux pour témoins que l'amour.

La peine de Vulcan se voit représentée :
Et l'on ne dirait pas que les traits en sont feints.
II demeure immobile, et son âme agitée
Roule mille pensers qu'en ses yeux on voit peints.
Son marteau lui tombe des mains.
Il a martel en tète, et ne sait que résoudre,
Frappé comme d'un coup de foudre.
Le voici dans cet autre endroit
Qui querelle et qui bat sa femme.
Voyez-vous ce galant qui les montre du doigt ?
Au palais de Vénus il s'en allait tout droit,
Espérant y trouver le sujet qui l'enflamme.
La dame d'un logis, quand elle fait l'amour
Met le tapis chez elle à toutes les coquettes
Dieu sait si les galants lui font aussi la cour.
Ce ne sont que jeux et fleurettes,
Plaisants devis et chansonnettes :
Mille bons mots, sans compter les bons tours,
Font que sans s'ennuyer chacun passe les jours.
Celle que vous voyez apportait une lyre,
Ne songeant qu'à se réjouir.
Mais Vénus pour le coup ne la saurait ouïr :
Elle est trop empêchée, et chacun se retire.
Le vacarme que fait Vulcan,
A mis l'alarme au camp.

Mais avec tout ce bruit que gagne le pauvre homme ?
Quand les cœurs ont goûté les délices d'Amour,

Ils iraient plutôt jusqu'à Rome,
Que de s'en passer un seul jour.
Sur un lit de repos voyez Mars et sa dame
Quand l'Hymen les joindrait de son nœud le plus fort,
Que l'un fut le mari, que l'autre fut la femme,
On ne pourrait entre eux voir un plus bel accord.
Considérez plus bas les trois Grâces pleurantes :
La maîtresse a failli, l'on punit les suivantes.
Vulcan veut tout chasser. Mais quels dragonsveillant
Pourraient contre tant d'assaillants,
Garder une toison si chère ?
Il accuse sur tous l'enfant qui fait aimer :
Et se prenant au fils des pêchés de la mère
Menace Cupidon de le faire enfermer.
Ce n'est pas tout : plein d'un dépit extrême
Le voilà qui se plaint au monarque des dieux ;
Et de ce qu'il devrait se cacher à soi-même,
Importune sans cesse et la terre et les cieux.
L'adultère Jupin, d'un ris malicieux,
Lui dit que ce malheur est pure fantaisie,
Et que de s'en troubler les esprits sont bien fous.
Plaise au ciel que jamais je n'entre en jalousie ;
Car c'est le plus grand mal, et le moins plaint de tous.

Que fait Vulcan ? car pour se voir vengé,
Encor faut-il qu'il fasse quelque chose.
Un rets d'acier par ses mains est forgé :
Ce fut Momus qui je pense en fut cause.

Avec ce rets le galant lui propose
D'envelopper nos amants bien et beau.
L'enclume sonne ; et maint coup de marteau,
Dont maint chaînon l'un à l'autre s'assemble,
Prépare aux dieux un spectacle nouveau
De deux Amants qui reposent ensemble.

Les noires sœurs apprêtèrent le lit :
Et nos amants trouvant l'heure opportune,
Sous le réseau pris en flagrant délit,
De s'échapper n'eurent puissance aucune.
Vulcan fait lors éclater sa rancune :
Tout en clopant le vieillard éclopé
Semond les dieux, jusqu'au plus occupé,
Grands et petits, et toute la séquelle.
Demandez-moi qui fut bien attrapé ;
Ce fut, je crois, le galant et la belle.

Cet ouvrage est demeuré imparfait pour de secrètes raisons : et par malheur ce qui y manque est l'endroit le plus important ; je veux dire les réflexions que firent les dieux, même les déesses, sur une si plaisante aventure. Quand j'aurai repris l'idée et le caractère de cette pièce je l'achèverai. Cependant comme le dessein de ce recueil a été fait à plusieurs reprises, je me suis souvenu d'une ballade qui pourra encore trouver sa place parmi ces contes puisqu'elle en contient un en quelque façon. Je l'abandonne donc ainsi que le reste au jugement du public. Si l'on trouve qu'elle soit hors de son lieu, et qu'il y ait du manquement en cela ; je prie le lecteur de l'excuser avec que les autres fautes que j'aurai faites.

Ballade

Hier je mis chez Cloris en train de discourir
Sur le fait des romans Alizon la sucrée.
N'est-ce pas grand pitié, dit-elle, de souffrir
Que l'on méprise ainsi la Légende dorée,
Tandis que les romans sont si chère denrée ?
Il vaudrait beaucoup mieux qu'avec maint vers du
temps,
De messire Honoré l'histoire fut brûlée.
Oui pour vous, dit Cloris, qui passez cinquante ans
Moi qui n'en ai que vingt, je prétends que l'Astrée
Fasse en mon cabinet encor quelque séjour :
Car pour vous découvrir le fond de ma pensée,
Je me plais aux livres d'amour.
Cloris eut quelque tort de parler si crûment,
Non que Monsieur d'Urfé n'ait fait une œuvre exquise
Etant petit garçon je lisais son roman,
Et je le lis encore ayant la barbe grise.
Aussi contre Alizon je faillis d'avoir prise ;
Et soutins haut et clair, qu'Urfé par-ci, par- là,
De préceptes moraux nous instruit à sa guise.
De quoi, dit Alizon, peut servir tout cela ?
Vous en voit-on aller plus souvent à l'église ?
Je hais tous les menteurs ; et pour vous trancher court,

Je ne puis endurer qu'une femme me dise :
Je me plais aux livres d'amour.
Alizon dit ces mots avec tant de chaleur,
Que je crus qu'elle était en vertus accomplie ;
Mais ses péchés écrits tombèrent par malheur :
Elle n'y prit pas garde. Enfin étant sortie,
Nous vîmes que son fait était papelardie,
Trouvant entre autres points dans sa confession :
J'ai lu maître Louis mille fois en ma vie ;
Et même quelquefois j'entre en tentation,
Lorsque l'ermite trouve Angélique endormie
Rêvant à tels fatras souvent le long du jour.
Bref sans considérer censure ni demie.

Je me plais aux livres d'amour.
Ah ! ah ! dis-je, Alizon ! vous lisez les romans !
Et vous vous arrêtez à l'endroit de l'ermite !
Je crois qu'ainsi que vous pleine d'enseignements
Oriane prêchait faisant la chattemite.
Après mille façons, cette bonne hypocrite,
Un pain sur la fournée emprunta dit l'auteur :
Pour un petit poupon l'on sait qu'elle en fut quitte :
Mainte belle sans doute en a ri dans son cœur.
Cette histoire, Cloris, est du pape maudite :
Quiconque y met le nez devient noir comme un four.
Parmi ceux qu'on peut lire, et dont voici l'élite,
Je me plais aux livres d'amour.
Clitophon a le pas par droit d'antiquité :

Héliodore peut par son prix le prétendre :
Le roman d'Ariane est très bien inventé :
J'ai lu vingt et vingt fois celui de Polexandre :
En fait d'événements, Cléopâtre et Cassandre,
Entre les beaux premiers doivent être rangés :
Chacun prise Cyrus, et la Carte du Tendre ;
Et le frère et la sœur ont les cœurs partagés.
Même dans les plus vieux je tiens qu'on peut apprendre.
Perceval le Gallois vient encore à son tour :
Cervantès me ravit ; et pour tout y comprendre,
Je me plais aux livres d'amour.

Envoi
A Rome on ne lit point Boccace sans dispense :
Je trouve en ses pareils biens du contre et du pour.
Du surplus (honni soit celui qui mal y pense)
Je me plais aux livres d'amour.

Table des matières

© Grandsclassiques.com, 2018. Tous droits réservés.
Pas de reproduction sans autorisation préalable.

www.grandsclassiques.com

ISBN ebook : 9782512007777
ISBN papier : 9782512008972
Dépôt légal : D/2018/12603/65

Couverture : © Hélène Massart
Conception numérique : Primento, le partenaire numérique des éditeurs